¡Llegó la Navidad, David!

David Shannon

SCHOLASTIC INC.

New York Toronto London Auckland
Sydney Mexico City New Delhi Hong Kong

A mi familia, con amor.

Originally published in English as *It's Christmas, David!*

Translated by María Domínguez.

No part of this publication may be reproduced, stored in a retrieval system, or
transmitted in any form or by any means, electronic, mechanical, photocopying,
recording, or otherwise, without written permission of the publisher.
For information regarding permission, write to Scholastic Inc., Attention:
Permissions Department, 557 Broadway, New York, NY 10012.
ISBN 978-0-545-23848-9

10 9 8   17 18 19
Printed in the U.S.A.   40
First Spanish printing, September 2010

En Navidad,
todo el mundo dice...

¡Para, David!

Carbón

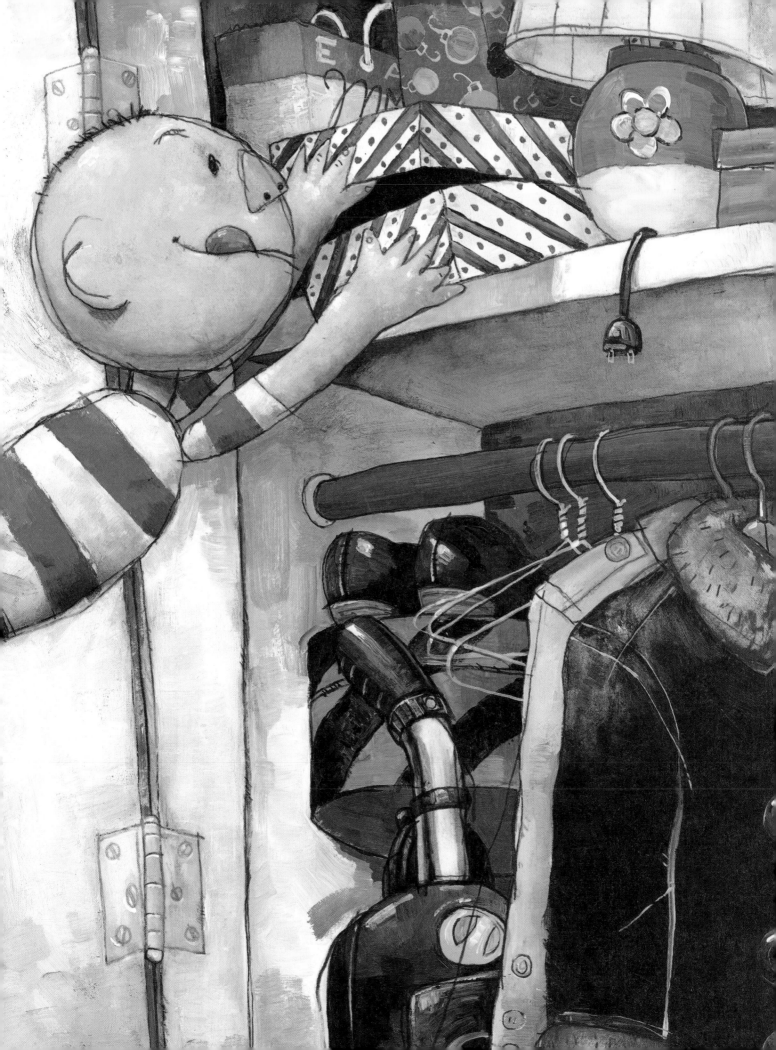

Esos no son juguetes!

DA

Lista de Chicos ma

os, lista de chicos...

¡No empieces todavía!

Ayuda a sentar a tu abuela.

No bosteces en la mesa.

¡Ese tenedor no!

¡Siéntate bien! No te levantes. Usa la servilleta. ¡No pongas los codos en la mesa!

¡Un regalo a ti, David!

Estimado David:
Lo siento,
pero fuiste un
chico malo.
Te quiere,

Papá Noel

¡Despierta, David, estabas soñando!